ESSAI CRITIQUE

SUR

P.-J. PROUDHON

PAR

Léon OZUN

50 CENTIMES

BAGNÈRES-BIGORRE

CHEZ P. PLASSOT, IMPRIMEUR-LIBRAIRE-ÉDITEUR

ALLÉE DES COUSTOUS

1857

ESSAI CRITIQUE

SUR

P.-J. PROUDHON

Bagnères. — Typ. de P. Plassot, allée des Coustous.

ESSAI CRITIQUE

SUR

P.-J. PROUDHON

PAR

Léon OZUN

50 CENTIMES

BAGNÈRES-BIGORRE
CHEZ P. PLASSOT, IMPRIMEUR-LIBRAIRE-ÉDITEUR
ALLÉE DES COUSTOUS
1857

ESSAI CRITIQUE

SUR

P.-J. PROUDHON

DE LA PROPRIÉTÉ.

I

Un jour Pierre-Joseph Proudhon essaya de révéler son individualité au monde par ce puérile et dangereux paradoxe : *La propriété c'est le vol*. Mais le succès fut loin de répondre immédiatemment à son attente, car cette phrase anti-sociale ne réveilla d'abord qu'un faible écho autour de celui qui l'avait prononcée. Malgré l'audace dont elle était empreinte, elle passa pour ainsi dire inaperçue et fut bientôt s'évanouir comme tant d'autres dans le domaine de l'oubli. C'est que la fièvre de l'agiotage et de la spéculation consummait à cette époque la classe moyenne qui était devenue la classe souveraine. Nous vivions sous le règne des marchands et la bourgeoisie n'avait que faire des diatribes d'un pamphlétaire improvisé. Elle s'en inquiétait fort peu; là n'était point son affaire. Des intérêts d'une tout autre nature appelaient ailleurs son intelligence et ses loisirs. *Primo vivere, deinde philosophare*: telle était alors comme aujourd'hui sa noble et chère devise; elle laissait à de plus intéressés qu'elle le soin d'apprécier les diverses théories qui surgissaient çà et là.

Quant au peuple, il ne se préoccupait guère du mouvement politique et littéraire du jour. Il creusait tant bien que mal son sillon et portait la croix de son mieux. Privé de la liberté politique, ne participant en rien aux affaires de son pays, la récolte et le salaire étaient en quelque sorte sa seule et unique pensée. C'est à peine s'il connaissait le nom du roi des Français : celui des gouvernants lui était totalement inconnu.

En présence de cet état de choses, il était donc tout naturel que l'œuvre de Pierre-Joseph Proudhon n'acquît pas incontinent la célébrité qu'elle enviait.

Restait encore le monde littéraire et politique.

Or, celui-ci ne fut pas plus ému que le commun des mortels; il le fut peut-être moins. C'est que la propriété avait eu à subir déjà de violentes attaques; elle n'en était pas à ses premières épreuves. Elle avait été condamnée par Platon, par les Esséniens, par les Gnostiques, par les Adamites, par les Carpocratiens, les Vaudois, les Anabaptistes, les Jacques, les Paysans de Thuringe et de la Souabe, par Babou, Owen, Fourier, St-Simon et Babeuf, voire même encore par des légistes et des Pères de l'Eglise. Dès lors cette sortie de P.-J. Proudhon n'avait point pour elle le mérite de la nouveauté. Quoique neuve dans ses arguments, elle n'excita qu'une médiocre attention et ne conquit ni gloire ni richesse pour l'auteur et l'éditeur. L'œuvre de notre héros fut, sinon méconnue, du moins négligée pour un instant.

Lui, toutefois, ne se découragea point : il eut foi dans l'avenir, il continua de travailler pour arriver à son but.

II.

La Révolution de Février fut accueillie par Proudhon avec un saint enthousiasme. Il comprit que l'occasion était favorable pour revenir à la charge. C'est pourquoi il emboucha immédiatement la trompette révolutionnaire et parvint à réunir autour de sa personne un auditoire nombreux.

La propriété fut attaquée derechef avec une véhémence toute révolutionnaire. On l'accusa d'être une monstruosité sociale, et toutes les plaintes dirigées contre elle vinrent se formuler en cet affreux paradoxe : *La propriété c'est le vol.*

Ces mots lugubres volèrent de bouche en bouche et se répandirent avec une rapidité électrique. La classe souffrante surtout les entendit avec une secrète joie. Elle crut à la venue d'un nouveau messie chargé de rétablir ici-bas l'équilibre social. Un rayon d'espoir dérida son front assombri par la misère et elle attendit, dans une pleine et entière confiance, une rénovation générale.

Le prolétaire suspendit aussitôt ses murmures. Il écouta avec une certaine complaisance le hardi citoyen qui venait de lancer un réquisitoire foudroyant contre les institutions humaines et divines. Lui aussi attendit.

Et comment cette classe laborieuse n'aurait-elle pas prêté une oreille attentive à un paradoxe aussi puéril que menaçant. Elle était maîtresse de la situation. C'était elle qui avait fait la révolution et brisé le trône d'un roi-bourgeois. On lui criait à satiété qu'elle était souveraine, que rien ne devait être sans elle, que sa voix était toute puissante et qu'elle n'avait qu'à parler pour être obéie sur-le-champ.

Nous le disons à regret, on outre-flatta sa force; on lui promit des choses impossibles; on fit briller à ses yeux un Eldorado chimérique. Et puis, quand le voile tomba, quand l'illusion fut détruite, cette classe laborieuse renia ses premiers Dieux et s'éloigna de leurs temples. Elle maudit leur impuissance et leurs projets insensés, *insana consilia*.

A Dieu ne plaise que nous adressions des reproches quelconques à ces hommes qui étaient alors au pouvoir. Loin de nous une telle pensée. Nous la repoussons sans merci.

Nous savons trop bien ce qu'avait de difficile et de dangereux une pareille position lorsque la tempête n'était pas encore apaisée et que l'insurrection victorieuse attendait l'arme au bras. Avant tout, il fallait rétablir l'ordre, assurer la circulation, garantir la sécurité, relever la confiance et imposer le frein d'un travail stérile ou fécond. Les passions grondaient ouvertement; il importait de les calmer au plus tôt et non de les surexciter comme le firent des patriotes imprudents.

III.

Les plus dangereux contre-révolutionnaires furent ceux qui voulurent saper tout d'un coup les bases de la société et la détruire de fond en comble sans avoir un plan défini et arrêté. De ce nombre fút Pierre-Joseph Proudhon. Il essaya d'ébranler l'édifice social à l'aide de sa vigoureuse dialectique et de sa vaste érudition; mais ses efforts furent frappés d'impuissance et les timides partisans de la révolution reculèrent épouvantés. Les propriétaires timorés serrèrent leurs rangs, poussés par un commun instinct et par un même intérêt. Malgré la divergence de leurs opinions ils ne formèrent plus qu'un seul homme : ils avaient leurs propriétés à conserver et à défendre; l'égalité naturelle leur faisait horreur. — Oui, maître Proudhon, vous futes contre-révolutionnaire en tenant un langage aussi hardi et aussi virulent. Vous donnâtes un fol espoir à des gens qui avaient jusque-là su patiemment supporter leur misère. Vous les éblouites d'un mirage trompeur. En mettant à l'ordre du jour une question aussi brûlante, vous rapprochiez l'étincelle de la poudre et l'explosion de cette poudre pouvait ensevelir la République sous un monceau de ruines et de cadavres. Il ne fallait rien moins que la peur, le soupçon d'une loi agraire pour rendre vaines les récentes conquêtes de la démocratie.

Vous avez beau dire pour votre justification que la pensée de cette loi agraire n'avait jamais résidé dans votre esprit, vos amères et fougueuses diatribes produisirent de funestes conséquences.

Certes, nous n'ignorons pas que vos paroles furent démesurément grossies par des sectaires qui n'avaient pas même lu les œuvres de leur maître.

Nous n'ignorons pas que ces propagateurs exaltés concluaient au communisme en votre nom alors que vous lui aviez donné le soufflet le plus éclatant qui put lui être appliqué.

Nous savons tout cela.

Mais à qui donc incombent la faute et la responsabilité d'une tentative aussi odieuse?

A vous, monsieur, oui, à vous.

Quand vous eûtes jeté aux masses frémissantes ces mots qui étaient en eux-mêmes une torche incendiaire; quand vous eûtes tonné de toutes vos foudres, à quelle conclusion vous arrêtâtes-vous?

Votre pensée se perdit dans le vague et l'indécision, dans les nuages de la philosophie allemande. Vous restâtes incompréhensible sur ce point. Le silence fut toute votre réponse au moment décisif.

Il ne suffisait pas, monsieur, de mettre à nu le corps social, d'exhiber dans des pages émouvantes les plaies hideuses qui adhéraient à ce corps; de promener sur elles la pointe fine et acérée du scalpel, de les ouvrir brutalement et sans pitié et de leur verser un vinaigre irritant; vous auriez dû fournir les moyens de les cicatriser. Car tout ce que vous pouviez en dire n'apprenait rien de nouveau ni au mendiant ni à l'infirme de l'hôpital ou de la chaumière, ni à l'innocent dépouillé par le perfide spoliateur, ni à l'ouvrier sans pain et sans travail.

Après avoir fait une sortie aussi énergique il était de votre devoir de préparer une huile bienfaisante.

Mais il vous était plus aisé de démolir que de construire. Vous saviez qu'en politique plus que partout ailleurs la critique était plus facile que l'art.

Et d'ailleurs, comment le peuple aurait-il saisi le sens de vos écrits lorsque la partie intelligente et éclairée de l'époque ne savait elle-même qu'elle signification leur donner.

Un homme tel que M. Michelet s'y laissa lui-même prendre.

« Quant au communisme, disait le savant historien, un mot suffit. Le der-
» nier pays où la propriété sera abolie
» c'est la France. Si, comme disait quel-
» qu'un de cette école, « La propriété
» c'est le vol, » il y a vingt-cinq millions
» de propriétaires qui ne se déssaisiront
» pas demain. »

L'auteur de ce persifflage, répondites-vous, maître Proudhon, pouvait me nommer sans que je rougisse; la définition de la propriété est mienne et toute mon ambition est de prouver que j'en ai compris le sens et l'étendue. La propriété c'est le vol! Il ne se dit pas en mille ans deux mots comme celui-là. Je n'ai d'autre bien sur la terre que cette définition de la propriété, mais je la tiens plus précieuse que les millions des Rothschild et j'ose dire qu'elle sera l'évènement le plus considérable du règne de Louis-Philippe.

Tout beau, maître, cette définition ne vous appartient pas; elle est plus vieille que vous; vous n'y avez aucun droit, car elle est consignée tout au long dans un ouvrage du citoyen Brissot-Warville, intitulé : *Recherches philosophiques sur le droit de propriété.* Il y est dit : « La propriété exclusive est un vol dans la nature; le voleur dans l'état naturel c'est le riche. » Si donc vous n'avez d'autre bien au monde que cette définition, il ne vous reste plus, pour me servir d'une expression qui vous est personnelle, qu'à vous couper la gorge.

IV.

Sans nul doute, Pierre-Joseph Proudhon mit en relief dans son réquisitoire contre la propriété des vérités accablantes. Il fit ressortir tout ce qu'il y avait de monstrueux et d'anormal dans de certaines conditions. Il anathématisa une foule d'abus incontestables et démontra ce qu'il y avait de répréhensible et d'insocial dans ce droit d'user et d'abuser. Mais le principe était sacré, inhérent à la nature humaine. Il découlait en quelque sorte d'une source divine; il était insensé de le vouloir détruire. Sa ruine entraînait celle de la famille : l'intérêt n'était plus qu'un vain mot, et du coup se trouvait anéanti le stimulant le plus actif des sociétés modernes. Nous revenions aux temps barbares.

Malgré l'habileté que Pierre-Joseph Proudhon déploya dans ses vives attaques, il lui arriva de laisser échapper des arguments d'une faiblesse vulgaire. En voici un qui lui a été relevé avec bien d'autres par un des plus forts économistes du jour, M. T.-N. Benard. Nous extrayons les lignes suivantes de son ouvrage, *Les lois économiques* :

« Un espace de terre déterminé ne peut produire des aliments que pour la consommation d'un homme pendant une journée, dit M. Ch. Comte cité par Proudhon : si le possesseur, par son travail, trouve moyen de lui en faire produire pour deux jours, il en double sa valeur. Cette valeur nouvelle est son ouvrage, sa création; elle n'est ravie à personne, c'est sa propriété. »

« Je soutiens, répond Proudhon, que le possesseur est payé de ses peines et de son industrie par sa double récolte, mais qu'il n'acquiert aucun droit sur le fonds. Que le travailleur fasse les fruits siens, je l'accorde; mais je ne comprends pas que la propriété des produits emporte celle de la matière. Le pêcheur qui, sur la même côte, sait prendre plus de poisson que ses confrères, devient-il par cette habileté propriétaire des parages où il pêche? L'adresse d'un chasseur fut-elle jamais regardée comme un titre de propriété sur le gibier d'un canton? La parité est parfaite : le cultivateur diligent trouve dans une récolte fort abondante et de meilleure qualité la récompense de son industrie; *s'il a fait sur le sol des améliorations, il a droit à une préférence comme possesseur;* jamais, en aucune façon, il ne peut être admis à présenter une habileté de cultivateur comme un titre à la propriété du sol qu'il cultive. »

Nous avions pris la liberté de souligner ces mots : *s'il a fait sur le sol des améliorations, il a droit à une préférence comme possesseur*. C'est que ces mots sont la pleine et complète justification de la propriété, ces mots sont la conséquence authentique du droit du propriétaire.

J'ai trouvé un champ inculte, je l'ai défriché, je l'ai fertilisé, j'y ai fait, comme vous le dites, des améliorations et vous le reconnaissez. J'ai droit à une préférence comme possesseur, c'est-à-dire que je pourrai, à l'exclusion de tout autre, occuper ce sol, l'ensemencer et récolter les moissons qu'il produira pendant deux, trois, cinq ans ou plus. Et ce n'est que justice, car les travaux par lesquels je l'ai fertilisé ont un caractère de permanence qui s'étendra sur toutes les moissons futures et non pas seulement sur une.

Nous ne disons pas autre chose ; entre cette affirmation et la nôtre il n'y a d'autre différence que du plus au moins.

Examinons cependant encore le passage que nous venons de citer : « Le pêcheur qui sur la côte sait prendre plus de poisson que ses confrères, devient-il par cette habileté propriétaire où il pêche ? »

Non, sans doute; mais dire qu'il y a parité entre le cultivateur qui double ses produits en améliorant le sol et le pêcheur qui, en usant de plus d'adresse, prend plus de poisson que ses confrères, c'est se moquer de l'intelligence de ses lecteurs. Est-ce que le pêcheur a donné à la mer une plus grande puissance de production ? Est-ce que le cultivateur, au contraire, n'a pas donné à la terre des conditions de fertilité qu'elle n'avait pas ?

On pourrait tout au plus comparer l'adroit pêcheur à l'habile moissonneur qui récolte son grain sans en perdre autant que ses voisins. Mais le comparer à l'agriculteur qui a défoncé, défriché, fertilisé le sol et lui a donné une puissance permanente de production, encore une fois, c'est se moquer.

V.

Comme Mably, Rousseau, Mirabeau et St-Just, Proudhon mettait la loi au-dessus de la propriété en s'étayant de ce principe de Kant :

« *Le droit à une chose est le droit de l'usage privé de cette chose au sujet de laquelle je suis en communauté de possession avec tous les autres hommes.* »

Aux termes de cette définition, la propriété était bel et bien subordonnée à l'Etat et devait obéir aux diverses oscillations qu'il aurait lui-même subies. Elle devenait un fait de pure convention, et, à ce titre, il appartenait à la loi de l'organiser suivant les besoins et les caprices du moment. Le législateur était libre de la bouleverser, de la transformer, de la modifier, de lui donner en un mot telles règles qui lui eussent convenu. Partant il pouvait y avoir autant d'organisations de la propriété que de législations différentes. Chaque fois que le propriétaire eut refusé de se soumettre aux exigences de l'Etat, celui-ci pouvait, en vertu du principe précité, lui retirer sa protection et le laisser défendre seul son bien dans la mesure de ses forces. Il fallait opter entre le pillage et la concession; il n'y avait point de *mezzo-termine*.

Aussi Pierre-Joseph Proudhon prétendait-il « que tout homme privé de propriété pouvait donc et devait en appeler à la communauté gardienne des droits de tous; d'où il résultait que dans les vues de la Providence les conditions doivent être égales. »

Ce système, qui tendait à faire plier la propriété sous le joug de la loi, dérivait directement du droit romain. Une société qui reconnaissait le droit d'esclavage ne pouvait agir autrement, si elle tenait à être conséquente à elle-même. Il n'y avait là-dedans rien que de très naturel.

Les réformateurs du dix-huitième siècle et Proudhon avec eux se trompaient en ce sens qu'ils faisaient jaillir de deux sources différentes la propriété et la liberté. L'une était pour eux une institution humaine, l'autre un don de la nature. Et pourtant la première n'est que la conséquence forcée de la seconde. Voici en quoi :

L'homme, en naissant, est bien le propriétaire de ses facultés physiques, intellectuelles et morales. Pour mettre en jeu ces facultés il faut un certain effort, une certaine peine, un certain travail. De cet effort, de cette peine, de ce travail, résulte ce qu'on appelle un produit. J'en suis anssi légitime propriétaire que de mes facultés. De ma liberté naît donc le travail, et du travail le produit, c'est-à-dire la propriété. Si donc la liberté est un don de la nature, la propriété, qui en est la conséquence, ne saurait être une institution humaine; car il serait absurde de supposer que la conséquence d'une chose naturelle ne fut pas elle-même naturelle.

Ainsi ne pouvaient point penser les Romains, parce qu'ils méconnaissaient complètement la liberté humaine, parce qu'ils méprisaient le travail, parce que la dignité de l'individu n'était rien pour eux et qu'elle se trouvait absorbée dans l'Etat.

VI.

Ce qui est certain, c'est que Proudhon a renversé de la façon la plus victorieuse les divers systèmes qui avaient eu la prétention d'expliquer l'origine de la propriété. Il les a pris à partie l'un après l'autre et les a démolis avec une habileté supérieure. Force a été de lui donner raison sur ce point. C'est alors que M. Thiers a pris la parole et s'est exprimé en ces termes :

« Figurez-vous quel serait l'état de la société, quelle acquisition serait sûre et conservable, si on pouvait remonter au douzième et au treizième siècle et vous disputer une terre en prouvant qu'un seigneur l'enleva à son vassal, la donna à un de ses favoris ou à un de ses hommes d'armes, lequel la vendit à un membre de la confrérie des marchands, qui la transmit lui-même de main en main à je ne sais quelle lignée de possesseurs plus ou moins respectables!...

» En Italie, par exemple, les Italiens pourraient dire aux possesseurs des terres : Mais vous venez, ce nous semble, des barons allemands presque tous Gibelins récompensés avec les biens enlevés aux Guelfes. Et vous-mêmes, dirait-on aux Italiens-Guelfes, vous étiez probablement des soldats de Charlemagne récompensés avec les terres des Lombards, que ceux-ci avaient prises aux Romains, lesquels les avaient partagées entre les colons militaires, après les avoir enlevées à ces intéressants émigrés dont Virgile a rendu la plainte si touchante. Et nous, Français, que ne pourrait-on pas dire sur l'origine des terres que nous possédons? Arrachées par les Romains aux Gaulois, qui eux-mêmes étaient fort suspects d'avoir le bien d'autrui; employées plus d'une fois par César à soudoyer les scélérats dans Rome, enlevées aux Romains par les Barbares, soumises sous ces derniers, pendant plusieurs siècles, à toutes les iniquités du régime féodal, attribuées aux aînés à l'exclusion des cadets, données, reprises, disputées entre ces seigneurs féodaux, qui s'enlevaient par la fraude des biens souvent acquis par la violence, elles allaient, enfin, sous une législation plus régulière, devenir une possession quelque peu respectable, quand tout-à-coup est venue la Révolution française qui, bouleversant de nouveau personnes et choses, tranchant la tête aux fils de ces seigneurs féodaux, etc., etc. »

La revendication étant donc impossible, les lois de tous les pays civilisés ont admis la prescription. C'était de toute justice.

VII.

Dans cette grande et délicate question de la propriété, Proudhon avait conclu d'une manière passablement équivoque. Il s'était arrêté à un moyen-terme entre la communauté et la propriété individuelle. Ce moyen-terme, il l'appelait la *Possession*.

Alors se présenta M. Louis Reybaud avec cet argument :

Ou la possession sera précaire, ou elle sera sérieuse, plus ou moins emphytéotique et transmissible.

Au premier cas, elle offrira les inconvénients de la communauté.

Au second, elle ne différera pas de la propriété.

A cela, Proudhon répondit qu'il entendait, par *propriété, la somme des abus de la propriété.*

La question, comme on le voit, se trouvait placée du coup sur un terrain plus étroit. Il y avait amendement : ce qui donnait le droit d'espérer de nouvelles concessions.

Plus tard, en effet, Proudhon fit la déclaration suivante :

« Je proteste qu'en faisant la critique de la propriété, ou pour mieux dire de l'ensemble d'institutions dont la propriété est le pivot, je n'ai jamais entendu, ni attaquer les droits individuels reconnus par des lois antérieures ; ni contester la légitimité des possessions acquises ; ni provoquer une répartition arbitraire des biens ; ni mettre obstacle à la libre et régulière acquisition par vente et échange des propriétés ; ni même interdire ou supprimer par décret souverain la rente foncière et l'intérêt des capitaux. »

Ceci est assez clair et n'exige pas de notre part le moindre commentaire.

Nous allons parler maintenant *de la Gratuité du Crédit.*

DE LA GRATUITÉ DU CRÉDIT.

VIII.

Pierre-Joseph Proudhon rédigeait en chef *La Voix du Peuple*, lorsqu'un célèbre économiste, M. Frédéric Bastiat, publia un remarquable pamphlet sous le titre de : *Capital et Rente*. Il y défendait la légitimité de l'intérêt dans un langage plein de verve, de clarté, de concision et de logique.

Maître Proudhon s'en émut. Vite il attaqua le spirituel économiste et soutint de son côté *la Gratuité du Crédit*.

Avant d'accepter le cartel qui lui était présenté, M. Bastiat demanda que ses réponses fussent insérées dans *La Voix du Peuple*.

On accéda à sa demande et le combat fut bientôt engagé. Les deux adversaires se prirent corps à corps.

Ici Proudhon avait à lutter contre un rude joûteur. Il eut beau déployer toutes les ressources de sa puissante dialectique, il fut complètement battu.

Il nous semble le voir pâlir de rage en lisant les articles de son antagoniste. Sa fureur devait être aussi violente que celle du tigre mortellement blessé. Il venait d'être piqué au vif, dans son orgueil, dans son amour-propre, dans son intelligence. C'était assez pour le rendre fou un moment.

Et comme son adversaire se tenait renfermé dans un fort étroit, mais imprenable; comme il se refusait à déplacer la question, la rage du redoutable publiciste redoubla d'intensité.

Proudhon cria, jura, tempêta, insulta. Mais ses cris, ses jurons et ses insultes ne servirent qu'à rendre plus éclatante la victoire du savant économiste.

Tandis que l'un grondait de sa voix menaçante, l'autre demeurait inébranlable dans une joyeuse tranquillité.

Quand celui-là étouffait de rage, celui-ci se contentait de sourire.

Bref, le triomphe fut complet pour l'auteur des *Harmonies économiques; la Gratuité du Crédit* était à jamais condamnée.

Toutefois Proudhon trouva le moyen de faire, dans le cours de cette discussion, une sortie contre la Banque de France.

Voici, par à peu près, ce que disait le

fougueux philosophe au sujet de ce grand établissement financier.

Afin de rendre l'objection de Proudhon plus large et plus générale, nous allons remplacer les chiffres par des lettres.

A représente le capital de la Banque de France; B chacune des actions constituant ce capital, et C pour 100 l'escompte légal.

Ce capital A est absolument la même chose qu'un immeuble ayant la même valeur et donnant un revenu C.

Il arrive néanmoins un instant où ce capital primitif est coté 2A ou 2A 1/2 ou même 3A.

De sorte que l'escompte devient à son tour 2C ou 2C 1/2 ou même 3C.

Cependant le capital premier est toujours A; les actionnaires n'ont point versé de nouveaux fonds dans la caisse, et indépendamment de cette circonstance l'escompte légal se trouve doublé et même triplé. Au lieu d'être C pour 100 purement et simplement, il est devenu 2C et même 3C pour 100.

Il résulte donc de cet état de choses que la Banque perçoit l'intérêt d'une somme qu'elle ne possède point, ou autrement dit qui ne lui appartient pas. Voyons donc comment les choses se passent.

Afin d'éviter le transport de trop grandes masses monétaires, la Banque de France émet des billets payables au porteur et à vue. Ces billets, elle les échange contre les billets à ordre et les lettres de change que le commerce lui présente.

Les billets de banque sont ainsi doublement garantis par l'encaisse métallique de la Banque et par les signes représentatifs que contient le porte-feuille.

Cette garantie paraît tellement précieuse et tellement solide au commerce que celui-ci préfère de beaucoup le papier de banque aux espèces.

Aussi, tandis que ces billets circulent de main en main, arrive l'échéance des billets à ordre et des lettres de change.

De cette façon, la Banque de France touche une somme qu'elle n'a point déboursée, et, en outre, elle perçoit l'intérêt de cette somme.

Le premier billet ne se présentant pas au remboursement, il est loisible à la Banque d'en émettre un second contre un billet à ordre ou une lettre de change.

S'il est de même de ce billet comme du précédent, la Banque encaisse une nouvelle somme et perçoit un second intérêt.

Voilà comme il se fait que le capital primitif A rapporte 2C et 3C pour 100.

Cela posé, on conçoit facilement que le capital A soit coté 2 A ou 2 A 1/2 ou 3 A.

Or, Proudhon voulait que le commerce profitât de cette confiance qu'il accordait aux billets de banque.

Il aurait voulu que l'escompte eût été en raison inverse de l'augmentation réelle ou fictive du capital primitif.

Ainsi, quand le capital A eût rapporté 2C pour 100, l'escompte aurait dû être C/2.

Quand il aurait rapporté 3 C pour 100 l'escompte eût été C/3.

Enfin, au point où en étaient venues les choses et en présence du capital réel ou fiduciaire sur lequel opérait la Banque de France, Proudhon eût voulu que cette banque fut devenue banque nationale commanditée par tous les citoyens français.

L'objection que nous venons de présenter en raccourci était fort sérieuse et parfaitement rationnelle.

La seconde mesure proposée par Proudhon pouvait peut-être soulever, dans son application, de grandes difficultés et de graves embarras.

Toujours est-il que si on eût appliqué la première, en laissant même la Banque de France aux mains d'une compagnie particulière et privilégiée, on eût obtenu des avantages immenses.

L'intérêt tombait du coup à 3 ou 2 pour 100, peut-être même plus bas.

Car une fois le rôle de la monnaie réduit à sa plus simple expression, le besoin des valeurs métalliques ne se serait pas fait sentir d'une façon aussi impérieuse qu'hier, qu'aujourd'hui, que demain. La production prenait immédiatement un essor prodigieux. L'usure était frappée à mort.

On a beau dire et beau faire, ce qui intéresse le plus notre société, c'est une réforme banquière. Tant que le capital sera si peu accessible au paysan et au pauvre prolétaire, le progrès sera en quelque sorte le partage exclusif d'une certaine classe.

Voyez ce qui se passe chez nos voisins d'Outre-Manche. Voyez ce que peuvent les combinaisons financières et le rôle qu'elles font jouer à l'or et à l'argent. Nous voulons parler du Clearing-House de la rue des Lombards, de cet hôtel de liquidation où les banquiers de Londres font pour 80 millions de francs de virements par jour, et cela avec cinq ou six cent mille francs en billets de banque et cinq cents livres en espèces.

Que n'ont pas fait également les Warrants de Docks pour la prospérité du commerce de Londres et de Liverpool. C'est à ne pas y croire tant la chose paraît surprenante au premier abord.

Et les banques d'Ecosse ! et les banques des Etats-Unis d'Amérique !

Mais passons : nous voici arrivés à la fameuse *Banque d'Echange !*

DE LA BANQUE D'ÉCHANGE.

IX.

On a beaucoup parlé de la *Banque d'Echange*. Il en a été dit du bien et du mal comme de toute idée qui tend à rajeunir ou à détruire les vieilleries du passé.

Tandis que les uns s'honoraient d'en être les partisans enthousiastes, les autres déversaient le ridicule et le mépris sur l'entreprise du redoutable pamphlétaire.

A cela il n'y avait rien d'étonnant. Proudhon avait eu beau jeu tant qu'il s'était borné à démolir des systèmes. Le rôle de critique lui avait convenu à merveille.

Aussi il s'en était donné à cœur-joie. Il avait mordu à belles dents deçà delà et était en quelque sorte devenu hydrophobe à la suite des triomphes qu'il avait obtenus.

Aussi chacun le redoutait et ne voulait point essayer de ses griffes.

Ce fut alors que notre homme tint à honneur de remplir la promesse qu'il avait donnée depuis longtemps au vestibule de son grand ouvrage « *Système des contradictions économiques ou Philosophie de la misère.* »

Nous voulons parler de cette épigraphe tirée de l'Ecclésiaste : *Destruam et œdificabor.*

Sitôt que furent connues les intentions du terrible logicien, une immense clameur s'éleva dans le camp ennemi. Les victimes d'un jour se redressèrent un moment de toute leur hauteur pour juger leur impitoyable bourreau.

Et le projet de la *Banque d'Echange* fut si critiqué, si commenté, si tourné et retourné en tout sens; il fut épluché avec tant de minutie et interprêté de si mauvaise grâce qu'il se trouva bientôt complètement défiguré.

Disons-le pour être juste, la loyauté fut loin d'être en cette occurrence le caractère distinctif des adversaires de Proudhon.

On ne craignit pas de travestir son projet d'une façon grotesque.

Et pourtant l'idée était bonne. Car, en définitive, notre économiste voulait arriver à la généralisation de la lettre de change. Qu'y avait-il donc là de si ridicule et de si absurde?

Ecoutons maître Proudhon exposant lui-même son système (1):

« A, B, C, D, E, F, G, H, I, K sont dix producteurs ayant besoin d'échanger leurs produits et travaillant uniquement dans ce but.

A, le premier de tous, fabricant de chaises, doit à B, son propriétaire, un terme de loyer. A voudrait bien s'acquitter en chaises; mais B, le propriétaire, n'a pas besoin de chaises : il accepterait des tapis. B s'adresse donc à C, tapissier, pour savoir si celui-ci prendrait des chaises; C répond que ce qu'il voudrait c'est une pendule. La même démarche recommence donc auprès de D, fabricant d'horlorgerie qui, au lieu de chaises, préférerait la note de son bottier. Bref, le

(1) Dans le numéro du 4 mai 1848 du *Représentant du Peuple*.

mouvement se continue tour-à-tour avec F, marchand de calicots; G, fabricant de draps; H, boucher; I, boulanger, et K, marchand de vins, qui justement accepte les chaises.

Comment, avec le régime du numéraire, va s'opérer cette circulation?

A enverra ses chaises à K, et faisant traite sur lui avec l'argent qu'il aura reçu sous déduction d'escompte, il paiera B, son propriétaire. Celui-ci paiera de même en argent et sous déduction d'escompte le tapissier C. C paiera D et ainsi de suite jusqu'à épuisement de la série. A chaque transaction, le numéraire figure deux fois : une fois pour la vente, une seconde fois pour l'achat. Il passe de main en main, il ne s'arrête nulle part, il ne se consomme pas. Pendant tout ce temps le numéraire dont personne n'a besoin pour sa consommation porte intérêt à celui qui, le premier, en fait l'avance, c'est-à-dire au capitaliste. Je demande si cet impôt, si sottement payé, n'est pas honteux, ridicule? Qu'est-ce donc que fait le numéraire?

Supposons maintenant que les dix négociants en question conviennent de se passer leurs traites par le ministère d'un courtier, L, chargé par eux tous de pourvoir à la circulation en commun de tous leurs produits après vente et livraison. Qu'arrivera-t-il? C'est que L ayant reçu la traite de A, la note de B, la facture de C, etc., etc., et remettant à chacun d'eux, en échange de son papier particulier un papier commun représentatif d'une somme égale à celle portée sur chaque facture, mandat ou lettre de change, d'un côté, chaque producteur acquittera ses obligations avec le papier qu'il aura reçu du courtier; d'autre part, celui-ci, muni de ses lettres de change et factures, en encaissera le montant et rentrera ainsi dans ses billets.

Toute la question se réduit donc à organiser ce courtage, cette banque, non pas entre dix négociants, mais entre dix mille et cent mille et cent millions, de manière à offrir à tous économie et sécurité. Et ce qui étonne c'est que depuis longtemps il ne se soit pas formé une société des négociants les plus recommandables de Paris et des départements pour la circulation de leurs effets de commerce sans déduction d'escompte.

Tel était le but de Proudhon. Il était, selon nous, très honorable et très philantropique.

Mais cet immense projet pêchait par les bases et reposait sur de faux principes.

Proudhon disait :

Puis donc que la société est naturellement divisée en deux classes, celle des propriétaires, capitalistes et entrepreneurs, et celle des travailleurs salariés, tous en rapport les uns avec les autres pour l'achat et la vente des marchandises qu'ils ont produites en commun, il s'ensuit que toutes les opérations d'agriculture, de commerce, d'industrie qui peuvent se traiter dans un pays; tous les comptes de chaque manufacture, fabrique, banque, etc., peuvent se résumer et être représentés par un seul compte dont nous allons donner les parties.

Je désigne par A la classe entière des propriétaires, capitalistes et entrepreneurs, que je considère comme faisant une personne unique; et par B, C, D, E, F, G, H, I, K, L la classe des travailleurs salariés.

COMPTES

D'entre A, propriétaire-capitaliste-entrepreneur, et B, C, D, E, F, G, H, I, K, L, travailleurs salariés.

CHAPITRE PREMIER.

Compte et résumé des opérations personnelles à A, propriétaire-capitaliste-entrepreneur.

A l'ouverture de compte, A commence

son opération avec un capital de 10,000 fr. Cette somme forme sa mise de fonds; c'est avec cela qu'il va travailler et entamer des opérations de commerce. Cet acte d'installation de A s'exprime de la manière suivante :

1. *Caisse doit à A, 1er janvier, compte de capital, 10,000 fr.*

Le capital réalisé, que va faire A? Il louera des ouvriers dont il paiera les produits et services avec ses 10,000 fr., c'est-à-dire qu'il convertira ses 10,000 fr. en marchandises, ce que le comptable exprime comme suit :

2. *Marchandises générales à Caisse.*

Achat au comptant ou par anticipation des produits de l'année courante, des travailleurs ci-après dénommés :

De B	x (journées de travail ou produits) ensemble	1,000 fr.
De C	— — —	1,000
	A reporter.	2,000 fr.

		Report.	2,000 fr.
De D	x (journées de travail ou produits)	ensemble	1,000 fr.
De E	—	—	1,000
De F	—	—	1.000
De G	—	—	1,000
De H	—	—	1,000
De I	—	—	1,000
De K	—	—	1,000
De L	—	—	1,000
		Total.	10,000 fr.

L'argent converti en marchandises, il s'agit pour le propriétaire-capitaliste-entrepreneur A de faire l'opération inverse et de convertir ses marchandises en argent. Cette conversion suppose un bénéfice, puisque, comme on a vu, la terre et les maisons ne se donnent pas pour rien, les capitaux pour rien, la peine de l'entrepreneur pour rien. Admettons, suivant les règles ordinaires du commerce, que le bénéfice soit 10 pour cent.

A qui se fera la vente des produits de A? Naturellement à B, C, D, etc., travailleurs, puisque la société tout entière se compose de A, propriétaire-capitaliste-entrepreneur, et de B, C, D, etc., salariés, hors desquels il n'y a personne. Voici comment s'établit le compte :

3. *Les suivants à Marchandises générales :*

B, Mes ventes faites à celui-ci dans le courant de l'année,			1,100fr.
C,	—	—	1,100
D,	—	—	1,100
E,	—	—	1,100
F,	—	—	1,100
G,	—	—	1,100
H,	—	—	1,100
I,	—	—	1,100
K,	—	—	1,100
L,	—	—	1,100
		Total.	11,000fr.

La vente terminée, reste à faire l'encaissement des sommes dues par les acheteurs. Nouvelle opération que le comptable couche sur son grand livre, de la façon ci-après :

4. Doit Caisse aux suivants :

A B son versement en espèces pour solde de son compte au 31 décembre,			1,100 fr.
A C	—	—	1,100
A D	—	—	1,100
A E	—	—	1,100
A F	—	—	1,100
A G	—	—	1,100
A H	—	—	1,100
A I	—	—	1,100
A K	—	—	1,100
A L	—	—	1,100
	Somme égale.		11,000 fr.

Ainsi, le capital avancé par A après conversion de ce capital en produits, puis vente de ces produits aux travailleurs-consommateurs B, C, D, etc., et enfin paiement de la vente, lui rentre augmenté d'un dixième, ce qui s'exprime à l'inventaire par la balance ci-dessous :

5. Résumé des opérations de A, propriétaire-capitaliste-entrepreneur, pour son inventaire au 31 décembre.

Doivent. Marchandises générales.	*Avoir.*
Fr. 10,000, débit de ce compte au 31 décembre.	Crédit de ce compte au 31 décemb., 11,000 fr.
Fr. 1,000, bénéfice sur ce compte à porter au crédit du compte de capital de A.	
Fr. 11,000.	Balance, 11,000 fr.

Dans toute maison de commerce, dans toute fabrique, dans toute banque, les comptes reviennent invariablement à cela. Qui a l'intelligence d'un seul a l'intelligence de tous; qui voudrait les fondre tous en un même compte ne ferait encore qu'un compte particulier semblable à tous les autres. C'est pourquoi nous avons pu résumer en un seul compte le système entier des opérations compliquées de tous les propriétaires-capitalistes et entrepreneurs de France. Il suffirait, pour avoir le bilan de tout le pays, de mettre à la place de A des noms propres, et à la place des chiffres figuratifs 10,000, 1,000, 1,100 et 11,000, les chiffres réels.

Passons à la contre-partie de ce compte, au compte des travailleurs.

CHAPITRE DEUXIÈME.

Compte des opérations de B, travailleur, avec A, propriétaire-capitaliste-entrepreneur.

B, travailleur, sans propriété, sans capital, sans ouvrage, est embauché par A qui lui donne de l'occupation et acquiert son produit. Première opération que l'on fait figurer au compte de B, ainsi :

1. *Doit caisse, 1er janvier, à B, compte de capital.*

Vente au comptant ou par anticipation de tout le produit de son travail de l'année à A, propriétaire-capitaliste-entrepreneur, ci . . . 1,000 fr.

En échange de son produit, le travailleur reçoit donc 1,000 fr., somme égale à celle que nous avons vu figurer au chapitre précédent, art. 2, compte de marchandises générales.

Mais B vit de son salaire, c'est-à-dire qu'avec l'argent que lui donne A, propriétaire-entrepreneur, il se pourvoit chez ledit A de tous les objets nécessaires à la consommation de lui B, objets qui lui sont facturés à 10 pour 100 de bénéfice en sus du prix de revient. L'opération a donc pour B le résultat que voici :

2. Doit B, compte de capital, à A, propriétaire-capitaliste-entrepreneur :

Montant des fournitures de tout espèce de ce dernier dans le cours de l'année. . . 1,100 fr.

3. Résumé des opérations de B pour son inventaire, compte de capital :

Doit.		*Avoir*
1,100 fr., débit de ce compte au 31 décembre.		
	Crédit de ce compte au 31 décembre.	1,000 fr.
	Perte sur ce compte que B ne peut payer qu'au moyen d'un emprunt.	100
1,100 fr.		1,100 fr.

Tous les autres travailleurs se trouvant dans les mêmes conditions que B, leurs comptes présentent individuellement le même résultat.

Ainsi, il est évident que par le fait de la productivité du capital et de toutes les prérogatives que s'arroge le monopoleur, il arrive toujours et nécessairement, de deux choses l'une :

Ou bien c'est le monopoleur qui enlève au salaire partie de son capital social. — B, C, D, E, F, G, H, I, K, L ont produit dans l'année comme 10 et ils n'ont consommé que comme 9. En d'autres termes, le capitaliste a mangé un travailleur. »

Proudhon est parti de ces bases pour poser cette prétendue loi économique : *Afin que le producteur vive, il faut que son salaire puisse racheter son produit.*

Nous ne pourrions adopter cet axiome, dit M. T.-N. Benard que nous avons déjà cité, que si le producteur ne produisait que ce qu'il peut consommer; du moment que la production du travailleur est supérieure à sa consommation, une partie de son produit doit aller rémunérer l'agent ou la force qui l'a aidé à fournir ce surplus de production.

« Si l'ouvrier, dit Proudhon, reçoit pour son travail une moyenne de 3 francs par jour, pour que le bourgeois qui l'occupe gagne, en sus de ses propres appointements, quelque chose, ne fût-ce que l'intérêt de son matériel, il faut qu'en revendant, sous forme de marchandise, la journée de son ouvrier, il en tire plus de 3 francs. L'ouvrier ne peut donc pas racheter ce qu'il produit au compte du maître. Il en est ainsi de tous les corps d'état sans exception; le tailleur, le chapelier, l'ébéniste, le forgeron, le tanneur, le maçon, le bijoutier, l'imprimeur, le commis, etc., etc., jusqu'au laboureur et au vigneron, ne peuvent racheter leurs produits, puisque produisant pour un maître qui, sous une forme ou sous une autre, bénéficie, il leur faudrait payer leur propre travail plus cher qu'on ne leur en donne.

» En France, 20 millions de travailleurs répandus dans toutes les branches de la science, de l'art et de l'industrie, produisent toutes les choses utiles à la vie de l'homme. La somme de leurs journées égale chaque année, par hypothèse, 20 milliards, mais à cause du droit de propriété et de la multitude des aubaines, primes, dîmes, intérêts, pots-de-vin, profits, fermages, loyers, rentes, bénéfices de toute nature et de toute couleur, les produits sont estimés par les propriétaires et patrons 25 milliards. Qu'est-ce que cela veut dire? Que les travailleurs qui sont obligés de racheter ces mêmes produits pour vivre doivent payer 5 ce qu'ils ont produit pour 4 ou jeûner de cinq jours l'un. »

M. T.-N. Benard répond que c'est là

un paradoxe ; car si la France produisait, par hypothèse, 20 milliards et qu'elle fut obligée pour vivre ou ne pas jeûner de cinq jours l'un de racheter ses produits 25 milliards, il y a longtemps qu'au lieu de s'enrichir, la société se serait ruinée de fond en comble ou plutôt n'existerait plus.

Proudhon somme les économistes de lui démontrer la fausseté de son calcul ! La fausseté réside en ceci : que les travailleurs ne sont pas les seuls producteurs qu'il y ait en France et dans les autres pays industriels ; il y a encore les forces naturelles, mécaniques et animales, comme la force hydraulique, la force du vent, celle de la vapeur, du cheval ou du bœuf, du levier et mille autres de ce genre qui viennent au secours de l'ouvrier et multiplient ses forces. Avec l'aide de ces auxiliaires, le travailleur produit deux, trois, quatre ou cinq fois plus que s'il n'avait que ses bras ; il n'est donc pas indispensable, pour qu'il vive, pour qu'il économise même, que son salaire puisse racheter son produit.

Ainsi était ce grand et fragile échafaudage sur lequel Proudhon voulait asseoir sa fameuse *Banque d'Echange*.

En ceci comme en tout, le célèbre socialiste avait eu le tort de pousser les choses à l'excès, *in extremis*.

Voici quels étaient les principes constitutifs de la *Banque d'Echange* :

1° Travailler c'est produire de rien;

2° Créditer c'est échanger;

3° Echanger c'est capitaliser.

On voit par là que Proudhon ne tendait à rien moins qu'à détrôner le capital.

Supposons qu'il eut réussi dans son

projet et qu'il fut parvenu à établir la gratuité du crédit. Que serait-il arrivé, par exemple, au moment d'une guerre, alors que tout le numéraire eût fui à l'étranger et que notre monnaie n'aurait eu cours que chez nous?

En outre, les billets de la *Banque d'Echange* n'étant que les signes représentatifs des produits, et ces produits variant de valeur d'un instant à l'autre, comment l'épargne eût-elle été possible au moyen de ces billets? Tel aurait été riche aujourd'hui qui demain eût été pauvre. Nous étions exposés à voir se renouveler les miracles de la rue Quincampoix.

Cette dernière objection est, selon nous, la plus forte et la plus sérieuse que l'on puisse faire à tous les systèmes qui voudraient substituer le papier au numéraire. Car toute monnaie doit avoir plus ou moins, outre son utilité, une valeur qui lui soit propre, c'est-à-dire naturelle.

Elle doit ensuite posséder autant que possible un certain caractère d'universalité.

Hors de là on ne fondera jamais rien que de très imparfait et de très éphémère.

CONCLUSION.

X.

Voici toute notre pensée au sujet de l'homme dont nous avons essayé de crayonner le profil.

Au point de vue politique, nous croyons que la Démocratie peut lui reprocher, à bon droit et avec infiniment de raison :

1° D'avoir, avec cette phrase : *La propriété c'est le vol*, causé un préjudice immense à la Révolution de février;

2° D'avoir fait une opposition systématique à des hommes dévoués dont il aurait dû seconder les louables efforts;

3° D'avoir beaucoup trop songé à son moi, au point de vue politique;

4° D'avoir voulu des choses impossibles;

5° Et enfin d'avoir joué avec la Religion et prèché au péuple des maximes dangereuses.

Cependant, si graves que soient les fautes commises par cet homme, il a à sa disposition, pour les atténuer au besoin, des ressources précieuses :

1° Une dialectique serrée, nerveuse, irrésistible;

2° De vastes et profondes connaissances;

3° La haine des tyrans et de tous les

pouvoirs qui ne découlent pas de la souveraineté ;

4° Un désintéressement à toute épreuve;

5° Le mépris des peines infligées aux courageux écrivains ;

6° Des mœurs pures et sans tache ;

7° Quelque chose qui est plus que du talent et qui est peut-être du génie.

En conséquence, la réparation sera facile à ce fougueux pamphlétaire. Mais qu'il le sache bien, cette réparation ne sera complète qu'autant qu'il placera ces mots : Propriété, Famille, Religion, à côté de ceux-ci : Liberté, Egalité, Fraternité !

XI.

Le style de Proudhon est, en général, grave, sévère, pressant. Il lui manque, cependant, de cette rapidité qui entraîne et passionne. Parfois, il devient trop lourd et trop diffus. Cette lourdeur est souvent produite par le nombre des arguments qui sont entassés, pour ainsi parler, les uns sur les autres. Leur enchaînement n'est pas assez ménagé. Leur soudure est en quelque sorte imperceptible. Aussi leur lecture fatigue-t-elle beaucoup.

Si les uns ne mêlent pas assez de philosophie à leur raisonnement, il faut avouer que Proudhon tombe dans l'excès contraire. A force de vouloir être profond il devient obscur. Et c'est là assurément un bien grave défaut. Machiavel et Montesquieu, Voltaire et Rousseau ne sont pas sans profondeur et pourtant ils sont tous d'une clarté qui délasse l'esprit. Le style de Proudhon est quelquefois hérissé de boutades grotesques et de néologismes plus ou moins rationnels. Il y a dans ce style quelque chose de sauvage et de brutal. Il se montre souvent réfractaire aux convenances : c'est même ce qui constitue une des marques distinctives de son originalité. A de certains passages, l'arrogance est montée sur un trop haut diapason. L'insulte la plus grossière souille parfois des pages magnifiques. Voilà un procédé qu'on ne saurait approuver, car l'insulte n'est probante que contre qui la profère : ensuite elle dénote un esprit absolu et qui veut avoir raison à tout prix. L'orgueil de Proudhon est olympique; il ne souffre pas qu'on le blesse : c'est que monsieur est despote dans son genre, et il n'est peut-être pas de pire despotisme que celui de l'intelligence.

A côté de ces défauts brillent de rares qualités. On voit toujours le penseur profond, l'homme érudit, le terrible dialecticien. Cet homme vous étonne et vous écrase par la puissance de sa logique.

Malheur à l'écrivain qui lui présente un endroit vulnérable. Malheur à lui ! Il le déchire sans pitié et lui rend sa défaite aussi humiliante que possible. Point de générosité ; son cœur la repousse dans une controverse ; c'est le duel à mort. Il n'y a point de merci.

Ainsi est cet homme dont le nom fait encore tressaillir d'effroi le bourgeois aussi bien que le paysan-propriétaire. Il y a dans Proudhon du Robespierre, du Marat et du Camille Desmoulins.

Quand on le regarde de près on est à se demander si son génie est au service du bien ou du mal, ou s'il n'est encore que l'humble serviteur d'un orgueil indomptable.

FIN.

Bagnères. — Typ. de P. Plassot, allée des Coustous.

OUVRAGES DE L'AUTEUR :

SOUVENIRS D'UN JEUNE MARIN ou MÉMOIRES DE VOYAGES se rapportant à la Russie, au Danemarck, à la Suède, à l'Ecosse et à l'Angleterre. — Prix : 2 fr. 50 c.

SOUVENIRS DE RUSSIE. Origine de Cronstadt. — Vue de Saint-Pétersbourg. — Noblesse historique. — Noblesse moderne. — Le Knout, etc., etc. — Prix : 1 fr.

L'ABBAYE DE L'ESCALE-DIEU AU XVIme SIÈCLE, ouvrage historique, religieux et politique se rattachant aux pages les plus curieuses et les plus intéressantes de l'histoire du Bigorre. — Prix : 1 fr. 50 c.

PEDRILLO et LE MARIAGE D'ALICE. — Prix : 2 fr. 50 c.

Tous ces ouvrages se trouvent chez P. PLASSOT, *imprimeur-libraire à Bagnères-de-Bigorre*, COLLONGUES et DUFOURC, *libraires à Tarbes.*

SOUS PRESSE, POUR PARAITRE INCESSAMMENT

CHEZ P. PLASSOT, IMPRIMEUR-ÉDITEUR A BAGNÈRES :

LA PHYSIOLOGIE DE LA BIGORRE ou SIMPLE HISTOIRE contenant des notions générales sur l'état social de ce pays. — Prix : 2 fr. 50 c. — Par souscription : 2 fr.

www.ingramcontent.com/pod-product-compliance
Lightning Source LLC
Chambersburg PA
CBHW060757180626
46818CB00002B/595
* 9 7 8 2 0 1 3 7 6 4 3 1 5 *